Para David y Lucy
con amor

Spanish translation copyright ©2003 by Lectorum Publications, Inc.,
205 Chubb Ave, Lyndhurst, NJ 07071
Originally published in English under the title
DEAR GREENPEACE
Copyright © 1991 by Simon James

Published by arrangement with Walker Books Limited, London.

All rights reserved.
No part of this book may be reproduced or transmitted in
any form or by any means, electronic or mechanical, including
photocopying, recording, or by any information storage and retrieval
system, without permission in writing from the Publisher.

978-1-930332-45-4

Printed in China

10

Library of Congress Cataloging-in-Publication Data is available

Querido Salvatierra

Simon James
Traducción de Eida de la Vega

LECTORUM

Querido Salvatierra,

   Me encantan las ballenas y creo
que hoy he visto una en mi estanque.
Por favor, envíeme información
sobre las ballenas, porque creo
que podría estar herida.

   Cariños,
   Emilia

Querida Emilia,

   Te envío algunos detalles sobre las ballenas. No creo que hayas visto una ballena, porque las ballenas no viven en estanques, sino en agua salada.

   Afectuosamente,
   Salvatierra

Querido Salvatierra,

   Ahora echo sal en el estanque
todos los días antes de ir a la escuela,
y anoche vi sonreír a mi ballena.
Creo que se siente mejor.
   ¿Usted cree que esté perdida?

   Cariños,
   Emilia

Querida Emilia,

   Por favor, no eches más sal en el estanque. Estoy seguro de que a tus papás no les va a gustar.

   Me temo que no puede haber una ballena en tu estanque, porque las ballenas no se pierden. Ellas siempre saben dónde están, aun en medio del océano.

Afectuosamente,
Salvatierra

Querido Salvatierra,

   Esta noche me siento muy feliz porque he visto a mi ballena saltar y echar un chorro de agua.
Parecía azul.

   ¿Cree que podría tratarse de una ballena azul?

   Cariños,
   Emilia

P.D. ¿Con qué puedo alimentarla?

Querida Emilia,

Las ballenas azules son azules y comen criaturas pequeñitas que viven en el mar, parecidas a los camarones. Sin embargo, debo decirte que una ballena azul es demasiado grande para vivir en tu estanque.

Afectuosamente,

Salvatierra

P.D. ¿No será un pez de color azul?

Querido Salvatierra,

    Anoche le leí su carta a mi ballena. Después, me dejó acariciarle la cabeza. Fue muy emocionante.

    A escondidas, le llevé cereales y unas migas de pan. Esta mañana miré en el estanque y... ¡ya no estaban!

    Creo que la llamaré Cleo. ¿Qué le parece?

    Cariños,
    Emilia

Querida Emilia,

   Creo que es mi deber insistir
en que una ballena no puede
de ninguna manera vivir en tu estanque.
Tal vez no sepas que las ballenas son
migratorias, lo que significa que viajan
grandes distancias cada día.

   Siento decepcionarte.

   Afectuosamente,

   Salvatierra

Querido Salvatierra,

Esta noche estoy un poco triste. Cleo se ha ido. Creo que su carta la convenció de volver a ser migratoria.

Cariños,

Emilia

Querida Emilia,

    Por favor, no te pongas triste.
Era realmente imposible que
una ballena viviera en tu estanque.
Tal vez cuando seas mayor querrás
navegar por los océanos, estudiando y
protegiendo las ballenas como hago yo.

    Afectuosamente,

    Salvatierra

Querido Salvatierra,

   ¡Hoy me he sentido más feliz
que nunca! Fui a la playa y...
¿a que no adivina? ¡Vi a Cleo!
La llamé y me sonrió.
Supe que era Cleo porque me dejó
acariciarle la cabeza.

   Le di la mitad de mi sandwich...

y nos dijimos adiós.

   Le grité que la quería mucho y,
espero que no le importe, le dije
que usted también la quería.

   Cariños,

   Emilia (y Cleo)

FIN